CW00521547

VENTE

Du Lundi 18 Novembre 1912

HOTEL DROUOT, SALLE Nº 10

A DEUX HEURES

✤

TABLEAUX, DESSINS

GRAVURES

OBJETS DE VITRINE

MARBRES

MEUBLES ET SIÈGES DIVERS

Anciens et de style

TAPIS

COMMISSAIRE-PRISEUR

Mᵉ E. FOURNIER

EXPERT

M. R. BLÉE

CATALOGUE

DES

Tableaux, Dessins

GRAVURES

OBJETS DE VITRINE

Bonbonnières, Biscuits, Éventails

BRONZES D'ART ET D'AMEUBLEMENT

MARBRES

MEUBLES ET SIÈGES DIVERS

ANCIENS ET DE STYLE

TAPIS

Dont la Vente aux enchères publiques aura lieu

HOTEL DROUOT, SALLE N° 10

LE LUNDI 18 NOVEMBRE 1912

A DEUX HEURES

Mᵉ E. FOURNIER	M. R. BLÉE
COMMISSAIRE-PRISEUR	Expert près le Tribunal civil de la Seine
29, rue de Maubeuge	53, rue de Châteaudun

Chez lesquels se distribue le Catalogue.

EXPOSITION PUBLIQUE

Le Dimanche 17 Novembre 1912, de 2 heures à 6 heures

CONDITIONS DE LA VENTE

Elle sera faite au comptant.

Les adjudicataires paieront *dix pour cent* en sus du prix d'adjudication.

L'exposition mettant le public à même de se rendre compte de l'état et de la nature des objets, aucune réclamation ne sera admise une fois l'adjudication prononcée.

Les Lots pourront être réunis ou divisés.

Paris. — Imp. de l'Art, Ch. Bergen, 41, rue de la Victoire

DÉSIGNATION

TABLEAUX

DESSINS, GOUACHES, GRAVURES

ADAM

1 — *Artilleur monté sur son cheval.*
Sépia.

BERNARD

2 — *Portrait ovale de Mademoiselle Dubuisson.*
Plume rehaussé.

BILLET

3 — *Le Triomphe de Flore.*
Feuille d'éventail.

BOINOD

4 — *Paysage animé.*
Dessin à la plume.

BOTTU (Jul.) ?

5 — *Portrait de James Fenimore Cooper.*

> Dessin au crayon rehaussé de gouache, signé et daté : *17 Juillet 1831.*

BRIELMANN

6 — Six panneaux rectangulaires formant dessus de portes. Décor de volatiles et de fleurs.

> Toiles.

DONSEL

7 — *Le Concert des Anges.*

> Projet de décoration de forme cintrée.
> Toile.

JOANÈS (Jean)

8 — *Saint François d'Assises en prière.*

> Toile. Haut., 61 cent. 1/2 ; larg., 51 cent.

LANCRET (Genre de)

9 — *Le Divertissement dans le parc.*

> Composition de nombreux personnages dansant, lisant ou courtisant de jeunes femmes élégamment vêtues.
>
> Haut., 90 cent. ; larg. 1 mètre.

PYNACKER (Attribué à)

10 — *Paysage animé.*

Petit panneau.

SCHELFONT (A.)

11 — *Scène de patinage.*

Toile signée en bas à droite.

Haut., 47 cent.; larg., 62 cent.

TENIERS (D.)

12 — *Scéne de village flamand.*

Gouache.

Monogramme : **D. T.**

TENIERS (Attribué à D.)

13 — *Intérieur de cabaret.*

Cinq personnages sont **debout** ou assis, fument, boivent ou dorment.

Petite toile.

VAN DYCK (Attribué à A.)

14 — *Ensevelissement du Christ.*

Petit panneau.

ÉCOLE ITALIENNE

15 — *La Vierge.*

Petit panneau.

ÉCOLE FLAMANDE

16 — *Troupeau et bergers près de ruines.*

Petit panneau.

ÉCOLE FLAMANDE

17 — *La Toilette.*

ÉCOLE HOLLANDAISE (XVIe siècle)

18 — *Portrait de Femme en collerette et bonnet.*

Toile.

ÉCOLE FRANÇAISE (Fin du XVIIIe siècle)

19 — *Vue d'un port de mer.*

Toile. Haut., 49 cent.; larg., 61 cent.

ÉCOLE FRANÇAISE

20 — *Tête d'Enfant.*

Panneau.

ÉCOLE FRANÇAISE (Fin du XVIIe siècle)

21 — *Le Triomphe de la Vierge.*

Composition gouachée montrant la Vierge assise, entourée de saints, de martyrs et d'apôtre, dans un encadrement de rinceaux de palmes et de fleurs en enluminure

ÉCOLE FRANÇAISE

22 — *Portrait de Jeune Femme.*

En corsage vert, collerette et toquet de velours rose
avec plume, style Renaissance.

ÉCOLE FRANÇAISE

23 — *La Vierge et l'Enfant.*

Cuivre.

ÉCOLE FRANÇAISE (xixe siècle)

24 — *Paysanne assise devant son feu dans un intérieur de ferme.*

Panneau. Haut., 33 cent. 1/2 ; **larg.**, 28 cent. 1/2.

ÉCOLE FRANÇAISE

25 — *Portrait de Mademoiselle Mars.*

Dessin aux trois crayons.

ÉCOLE FRANÇAISE

26 — *La Toilette de Vénus.*

Dessin.

ÉCOLE FLAMANDE

27 — Deux peintures sur cuivre représentant une
tête de saint et une scène religieuse.

28 — *Paysage: Vue d'un lac de Suisse.*
   Gouache.

29 — Vue d'une fontaine dans un parc.
   Gravure noire, par RIGAUD.

30 — *L'Arrivée du courrier.*
   Gravure noire d'après BOUCHER, par BEAUVARLET.

31 — Sous ce numéro : Gravures en couleurs rela-
   tives à divers costumes d'Europe.

32 — Sous ce numéro : Dessins divers.

OBJETS DE VITRINE
ARGENT, BRONZE, IVOIRE
PORCELAINE

33 — Petite coupe creuse, ovale, à deux anses, reposant sur un pied en forme de rinceaux, **piédouche** ovale à coquille en argent repoussé et **ciselé**.

34 — Petit cadre à rinceaux fleuris, boîte en filigrane, petite reliure de livre.

35 — Dix poignées de cannes en argent ciselé.

36 — Vase à deux anses fixes en filigrane d'argent.

37 — Paire de bougeoirs en argent repoussé.

38 — Paire de bougeoirs, forme **d'une colonne** d'ordre corinthien, argent repoussé, **de style anglais.**

39 — Deux assiettes en étain.

40 — Serrure en fer forgé. Moulin à café.

41 — Armes diverses. (Seront divisées.)

42 — Fontaine et son bassin en cuivre repoussé.

43 — Pièce de surtout en forme de vase surbaissé, à trois pieds cariatides à griffes de lion ; couvercle surmonté d'une figure de faune assis tenant une amphore et une trompette. Socle de forme évasée à rinceaux et feuilles d'acanthe.

44 — Statuette de jeune jardinier en bronze patiné. Socle en marbre rose. Petite statuette de Napoléon Ier en bronze doré.

45 — Huit petits cadres en bronze ciselé patiné ou doré.

46 — Quatre cadres en bronze ciselé.

47 — Deux bas-reliefs et deux chutes en bronze ciselé et doré.

48 — Quatre plaques ou médaillons en bronze ciselé, représentant des sujets mythologiques, des jeux d'enfants, etc. (Seront divisés.)

49 — Boite ronde snr piédouche, avec son couvercle en cuivre gravé, de style persan.

50 — Pendule en bronze ciselé et doré, surmontée d'un amour. Milieu du xixe siècle.

51 — Autre petite pendule en bronze ciselé et doré. Milieu du xixe siècle.

52 — Petite pendule ornée de marqueterie genre Boulle. Style Louis XV.

53 — Petit cartel en bronze et marbre en forme de lyre. Style Louis XVI.

54 — Petite pendule : le cadran est porté par un cheval qui marche au pas relevé. Socle bronze doré.

55 — Deux vases Médicis en marbre rouge moucheté, avec bague à la base et socles en bronze ciselé et doré.

56 — Deux grands vases à couvercle en porcelaine, décor de médaillon, ornés de personnages, en réserve, sur fond vert d'eau. Monture en bronze ciselé et doré. Style Louis XVI.

57 — Buste, en bronze patiné, de Napoléon Ier, par CANOVA.

58 — Deux bas-reliefs en fer repoussé et doré, représentant, l'un, le roi François Ier, et le second, la reine Claude.

59 — Lampe en métal argenté, de style Louis XV.

60 — Deux petites potiches en porcelaine de Chine. Époque Ming.

61 — Petit coq en porcelaine blanche de Chine.

62 — Cache-pot en porcelaine de Chine, à décor fleuri.

63 — Deux bas-reliefs rectangulaires en bronze ciselé et patiné, représentant Œdipe. Cadre en bronze ciselé et doré. xviiie siècle.

61 — Statuette de soldat de la Première République, en bronze patiné.

65 — Petite statuette d'évêque en bronze patiné. Socle en marbre.

66 — Statuette de chérubin tenant le globe du monde, bronze patiné clair.

67 — Encrier en bronze patiné : Jeune femme dans un hamac.

68 — Petit cercueil contenant un corps d'homme momifié très finement sculpté.

69 — Statuette de Vierge en buis sculpté.

70 — Petit flacon en bois sculpté, monté en filigrane d'argent.

71 — Petite statuette de Vierge en bois sculpté. Socle granit.

72 — Environ onze pièces : miniatures, dessus de bonbonnière, émail peint de Genève. (Seront divisés.)

73 — Trois éventails ou monture en ivoire sculpté, nacre et écaille.

74 — Deux cannes et une épée à poignée en acier poli.

75 — Petit couteau et une clé en argent finement ciselé.

76 — Cadre avec bénitier en bois sculpté. XVIIe siècle. Pied de croix en bois sculpté. XVIIe siècle.

77 — Christ en merisier sculpté sur croix d'acajou. Petit christ en bois sculpté sur croix-reliquaire.

78 — Deux bustes de femmes en bois sculpté. XVIIe siècle.

79 — Petit panneau en noyer sculpté, représentant une chute de fleurs retenues par un nœud de rubans.

80 — Châtelaine en pomponne à figures de chérubins. XVIIIe siècle.

81 — Petit flacon piriforme en émail peint de Battersea, à décor de figures. XVIIIe siècle.

82 — Étui en galuchat et argent.

83 — Quatre petits émaux peints. Deux médaillons en biscuit. Un dessus de bonbonnière en mosaïque de Florence.

81 — Groupe en biscuit, composé de cinq petits personnages placés au sommet et autour d'un tertre

85 — Buste en biscuit de l'empereur Napoléon Ier.

86 — Deux petits médaillons en plâtre: profils de Napoléon III et de l'Impératrice Eugénie.

87 — Bonbonnière en écaille ronde, ornée d'une miniature représentant **Jupiter** et Hébé, dans la manière de Sauvage. A l'intérieur, double fond orné d'une miniature à sujet léger.

88 — Bonbonnière ronde, en écaille blonde, piquée d'or. xviiie siècle.

89 — Boîte ronde, en écaille, ornée d'une miniature ovale.

90 — Boîte à miniature, en écaille brune, piquée d'argent. xviiie siècle.

91 — Bonbonnière en poudre d'écaille, piquée d'or, ornée d'une miniature : **Portrait** de femme. Époque Louis XVI.

92 — Trois bonbonnières en marbre ou porcelaine.

93 — Plaquette en émail peint, représentant un ange (xviie siècle), contenue dans un cadre en ivoire sculpté de fleurs.

91 — Bénitier en émail peint.

95 — Petite coupe en aventurine montée en argent et reposant sur un pied en bois noir.

96 — Petite pendulette en argent émaillé et ornée de pierres de couleurs.

97 — Petite bonbonnière en argent, de même travail que le précédent numéro.

98 — Très petit encrier en filigrane d'argent et pierres de couleurs.

99 — Flacon à fard en ivoire galonné d'or.

100 — Statuette d'enfant couché en ivoire sculpté. XVIIᵉ siècle.

101 — Statuette de la Vierge en ivoire sculpté. Socle rectangulaire.

102 — Statuette de mandarin en ivoire sculpté. **Travail** chinois.

103 — Gobelet et deux médaillons en ivoire sculpté représentant Louis XIV et Marie-Antoinette.

104 — Neuf plaques ou médaillons en biscuit de porcelaine, à sujets mythologiques.

105 — Panier en ivoire finement sculpté. Travail chinois.

106 — Vase et son couvercle en ivoire tourné.

107 — Petit panier en ivoire sculpté, formant bonbonnière.

108 — Deux chandeliers en ivoire finement sculpté,
à tiges formées de groupes d'enfants jouant.
Décor de feuilles d'acanthes, perles, etc. Style
Louis XVI.

109 — Petite colonne d'ordre corinthien en pierre
dure, à base et **chapiteau** en ivoire sculpté. Elle
est **surmonté d'une** petite statuette de Diane
chasseresse en ivoire sculpté. xviiie siècle.

110 — Deux bas reliefs cintrés, représentant, l'un,
une Piéta, et l'autre une adoration.

111 — Sous ce numéro : environ six cadres en bois
sculpté ou en bronze. (Seront divisés.)

112 — Buste de Diane en marbre blanc sculpté,
d'après HOUDON.

113 — Glace à pans coupés. Cadre en cuivre repoussé, de style Louis XIII.

SIÈGES, MEUBLÉS

114 — Deux fauteuils et deux chaises en bois sculpté
et doré, époque Louis XV, recouverts de tapis-
serie d'Aubusson à fleurs sur fond crème, contrefond vert d'eau.

115 — Horloge en chêne sculpté. Style Louis XV.

116 — Chevalets en acajou, à col de cygne.

117 — Petit guéridon, de forme contournée, en bois
de rose et de violette marqueté.

118 — Coffre en chêne sculpté. Travail flamand.

119 — Petite commode à deux tiroirs. Style Louis
XV.

120 — Grande commode en noyer mouluré. Époque
Louis XV.

121 — Petite vitrine à une porte en bois de rose et
filets de bois satiné et de citronnier. Marbre
rouge royal. Milieu du XVIIIᵉ siècle.

122 — Guéridon de salon, de forme contournée, en bois noir et marqueterie de cuivre et d'écaille, genre Boulle, ornements en bronze ciselé et doré.

123 — Guéridon rectangulaire en bois laqué rehaussé de dorure. Style Louis XVI.

124 — Petite console forme demi-lune en bois sculpté et doré, ornée de rinceaux, rubans et guirlandes avec un vase fleuri sur la barre d'entrejambe. Marbre blanc Style Louis XVI.

125 — Autre petite console en bois sculpté de feuilles, rubans, etc. Marbre blanc. Style Louis XV.

126 — Autre petite console carrée, à quatre pieds canneles en bois sculpté doré sur fond noir. Petit vase sur la barre d'entrejambe. Style Louis XVI.

127 — Vitrine ouvrante à un vantail, vitré en deux parties superposées, bois sculpté d'entrelacs rubans, feuilles de laurier et d'acanthe doré sur fond noir. Style Louis XVI.

128 — Grande console en bois sculpté de coquilles rocailles, guirlandes et feuilles, doré. Marbre blanc. Style Louis XV.

129 — Commode de forme galbée sur les côtés et sur la façade, à deux grands tiroirs en bois de rose, satiné et marqueterie de bois de placage à damiers et à losanges. Marbre gris bleu. Style Louis XV.

130 — Cabinet en palissandre, ouvrant à une porte centrale et de nombreux tiroirs ornés de sujets peints représentant des paysages animés.

130 *bis* — Fontaine et son bassin en étain montée sur support en chêne sculpté. Style Louis XV.

TAPIS

131 — Tapis d'Aubusson à médaillon fleuri sur fond crème.

132 — Panneau de broderie turque de soie et de métal, motifs fleuris et de volatile sur velours cramoisi.

133 — Dossier et fond de canapé à décor fleuri sur fond crème, contrefond vert d'eau.

134 — Deux tapis galerie.

135 — Un autre tapis galerie.

136 — Tapis de Smyrne à fond clair.

137 — Tapis d'Orient, décors à médaillons.

138 — Grand tapis carpette à fond clair.

139 — Autre grand tapis.

140 — Sous ce numéro : un lot de tentures, petit tapis, etc. (Sera divisé.)

141 — Objets omis au catalogue.

Imprimé en France
FROC032041060720
24426FR00009B/120